後藤竜二童話集 1

長谷川知子・絵

ポプラ社

もくじ

装丁　濱田悦裕

1ねん1くみ1ばんワル

1　くろさわくんて、わるいんだよ

くろさわくんて、わるいんだよ。
1ねん1くみで、1ばんワル。
花ノ木《はなのき》だんちでもゆうめいなんだよ。
ようちえんのころから、
ぼうそうぞくだった。
きょうも、ぼくらがだんちのあそびばでおにごっこをしていたら、
じてんしゃのブザーをならしっぱなしにして、ぶっとんできた。
（あ、またいじめられる！）

と、ぼくは、びくびくしていた。
「どけどけーっ！　ひきころすぞーっ！」
と、くろさわくんはじてんしゃで、ぼくらをおいかけまわした。
ぼくらは、キャーキャーいいながら、すべりだいの上《うえ》ににげた。
（もうあんしんだ。）
と、思《おも》って、ぼくらは、さんざんくろさわくんのわるくちをいった。
くろさわくんは、おこった。
ガオーッと、キングコングのまねをして、ほえた。
そして、じてんしゃをかついで、うんうんいいながら、すべりだいにのぼってきた。
（すごい力《ちから》。）
ぼくら、びっくりして、大《おお》さわぎしながら、すべりだいをすべってにげた。

くろさわくんは、うんうんいいながら、とうとうすべりだいのてっぺんにのぼった。

「ふうーっ。」

と、大《おお》きくいきをはくと、ぼくらを見《み》おろして、にやっとわらった。

それからゆっくりじてんしゃにまたがった。しんけんな顔《かお》で、ぐっとすべりだいをにらんだ。

「やめなさい！」

と、どこかのおばさんがさけんだけど、おそかった。

くろさわくんはじてんしゃにのって、ジェット・コースターみたいに、すべりだいをかけおりた。すごいスピードだった。

女《おんな》の子《こ》たちがひめいをあげた。

（あーっ。）

と、思《おも》ったら、くろさわくんは、じてんしゃごとジャンプして、ぐしゃっ！　と、すなばにたたきつけられた。

うごかない。気《き》をうしなっていた。

どこかのおばさんが、きゅうきゅう車《しゃ》をよんで、大《おお》さわぎになった。

つぎの日《ひ》。くろさわくんは、学校《がっこう》を休《やす》んだ。くろさわくんは、しなかった。左《ひだり》のうでをおっただけだった。

「あいつがしぬわけないよな。」

「ほんと、ばっかみたい。」

「これで、すこしはおとなしくなるよ。」

と、みんなはくろさわくんのいないきょうしつで、にぎやかにおしゃべりをした。

「そうそう。」

と、ぼくもすみっこのほうで、にこにこしながら、あいづちをうった。

（でもくろさわくん、ちょっとかっこよかったな。）

みんなのおしゃべりをききながら、ぼくはちらっとそんなこともかんがえた。

2　ぼくはスーパー・カーじゃないぞ！

くろさわくんは、二日休《ふつかやす》んだだけだった。うでをおったくらいで、おとなしくなんかならなかった。

「どうだ、すげえだろう。」

と、ギプスのうでを見《み》せびらかして、いばっていた。

みんながあいてにならないから、またぼくにちょっかいをだしてきた。

「おれさ、うでおって、スーパー・カー、かってもらったんだぜ。も

うけちゃった。おまえも、うでおらない？」

なんて、めちゃくちゃいう。

「ぼく、うでおるの、すきじゃないから。」

と、ぼくがもごもごいっていたら、

「そうだ、スーパー・カーごっこやろうぜ。」

すごくいいことを思《おも》いついたように、ぱっと顔《かお》をかがやかせた。

（どんなことするのかな？）

と、思《おも》っていたら、

「おまえ、スーパー・カーになれ。」

と、めいれいされた。

「おらおら、もたもたするな！」

と、くろさわくんは、ぼくをむりやりよつんばいにさせて、どしんと、ぼくのせなかにのった。

ぼくは、もうなきそうだ。

だれもたすけてなんかくれない。まわりをとりかこんで、わらってるだけ。

「はっしゃあ！」

と、くろさわくんは、ぼくのおしりを力《ちから》いっぱいひっぱたいた。

ひっぱたかれて、しょうがないから、とことこあるいた。

ひざがすごくいたかった。くろさわくんはおもいから、せぼねがいまにもおれそうだった。

「おまえさ、でんでんむしごっこやってでんじゃないんだよ。」

と、くろさわくんがまた、ぼくのおしりをたたいた。

なみだがぼろぼろこぼれてきて、目《め》が見《み》えなくなった。

ひざはいたいし、せぼねはおれそうだし、頭《あたま》はカッカするし、ぼくはとうとうつぶれてしまった。

「だめだこりゃ。ポンコツだ。」

と、くろさわくんは、ぼくをけとばして、

「おいおまえ、しんしゃになれ。」

と、こじまくんにめいれいした。

だけど、こじまくんは、

「べー！」

と、したをだして、にげてしまった。

「くろさわくさいぞ。パンツくろさわ。」

と、こじまくんは、わるくちをいった。

みんなもいっしょになって、はやしたてた。

くろさわくんがおこって、みんなをおいまわした。きょうしつは、たいへんなさわぎになった。

ぼくは、じぶんのせきにもどって、ひとりでべそべそないていた。

「くろさわくんのへは、まっくろさわ。」

と、こじまくんがはやしたてていた。

(こじまくんは、1くみで1ばんちびなのに、ゆう気《き》があるなあ……。)

と、ぼくは、なきながらかんしんしていた。

3　ギチギチ、ペッ！

くろさわくんて、ほんとにきたない。

きょうも、きたなかった。

頭《あたま》はぼさぼさでくさいし、
シャツのむねには、コーラやチョコレートのしみがついている。顔《かお》もときどきあらってこない。

目《め》やにや、はなくそがくっついている。

〝えいせいけんさ〟の時間《じかん》は、たいへんだった。

先生《せんせい》にいわれて、たいていの子《こ》が、ハンカチやちりがみをちゃんと

つくえの上《うえ》にそろえたのに、くろさわくんは、ばたばたとあわてていた。

「あれっ？　あれっ？」

なんていいながら、ポケットやランドセルをひっくりかえして、ようやくハンカチだけは見《み》つけた。

くしゃくしゃにまるまったハンカチ。ごみやしみのくっついたハンカチ。

「オエッ。」

と、こじまくんが、はくまねをした。

みんなが、くすくすわらった。

ぼくもわらった。

くろさわくんは、ばたばたとあわてて、こんどはちりがみをさがしている。いくらさがしてもない。

「一まいあげようか？」

こっそりぼくがささやいたら、

「うるせい！」

と、くろさわくんはぼくをにらんで、バリッとこくごのノートをやぶいた。やぶいたノートを四つにおりたたんで、

「ほら、ちりがみだ。な？」

にやっとぼくにわらいかけた。

ぼくがびっくりして見《み》ていたら、こんどはきたないつめを、はでかみきりはじめた。

ギチギチチッとつめをかみきって、ペッとゆかにはきだす。

ギチギチッとかんで、ペッ！　ギチギチッとかんで、ペッ！

みんながあっけにとられて見《み》ているのに、ぜんぜん気《き》にしない。

しらかわ先生《せんせい》がまわってくるまでに、右手《みぎて》のつめをすっかりかみきってしまった。

「あら、がんばったわね。」

と、先生《せんせい》はわらって、ぎん色《いろ》の小《ちい》さなつめきりで、ギプスの左手《ひだりて》のつめを、プチンプチンときってくれた。

「お父《とう》さん、いそがしいの？　頭《あたま》はひとりであらえるでしょ？」

と、先生《せんせい》はつめをきりながら、くろさわくんにはなしかけていた。

「へへへえ。」

と、くろさわくんは、わらってばかりいた。

先生《せんせい》のいうことなんか、ぜんぜんきかないで、

「ほら、ね、こっちのつめはきれいだよ。」

と、くろさわくんはなんども右手《みぎて》をひらひらさせて、いばっていた。

4　ゼロせん、ゴーゴー！

くろさわくんて、先生《せんせい》のいうこと、ぜんぜんきかないんだよ。

「せすじをしゃんとのばしなさい。」

と、なんべんいわれても、すぐにぐたーっと、つくえによりかかっちゃうし、

「おしゃべりやめなさい。」

と、いわれても、ひとりでテレビのコマーシャルのまねしたりしてる。

きょうなんか、べんきょう中《ちゅう》にかみひこうきをとばして、

「やったぜやったぜ。ゼロせんゴーゴー。」

なんて、わけのわからないことをいいながら、かみひこうきをおいかけまわしていた。

きょうしつは大《おお》さわぎになって、べんきょうどころじゃなくなった。

「先生《せんせい》、こんなやつ、てんこうさせてよ！」

と、こじまくんがおこった。

「ぼくのお母《かあ》さんもおこってたよ。てんこうさせちゃえって、おこってたよ。」

こじまくんは立《た》ちあがって、まっ赤《か》な顔《かお》でわめいていた。

「だいじょうぶよ。先生《せんせい》にまかせておいてね。」

と、先生《せんせい》は、にこっとわらった。

くろさわくんは、みんなにわあわあいわれて、ろうかにとびだした。

ろうかから、ちらちらこっちをうかがっている。

「いらっしゃい。」

と、先生《せんせい》はこわい顔《かお》で、くろさわくんをよんだ。

「やだ。」

と、くろさわくんは先生《せんせい》にかみひこうきをぶつけた。

「どうして？」

と、先生《せんせい》は、かみひこうきをじょうずにうけとめた。

「おこるから。」

と、くろさわくんがいった。

「おこらない。」

先生《せんせい》は、にこっとわらった。

「ほんと？」

「ほんとよ。さあ、いらっしゃい。」

先生《せんせい》は、ゆっくりとりょう手《て》をひろげて、じっとまっていた。

くろさわくんが、すこしずつちかよってきた。

「ほら、おこらない。」

と、先生《せんせい》は、すばやくくろさわくんをつかまえて、手《て》をつないだ。

「ゼロせんゴーゴーって、なに？」

と、先生《せんせい》がきいた。

「パチンコだよ。先生《せんせい》しらないの？」

と、くろさわくんがあきれたような顔《かお》をした。

「そうか、お父《とう》さんとパチンコやったのね。」

と、先生《せんせい》がくすくすわらった。

「あたり！　そいでさ、玉《たま》がさ、すげえーでちゃったの。そいでさ、
これかったの。」

と、くろさわくんがとくいそうにしんぴんのシャツをつまんで、ひっぱった。

「ホンコンせいだよ。いいでしょ。」

と、いばった。

「ばっかじゃないの。ホンコンなんて、いちばんやすいんだぜ。」

と、こじまくんがどなった。

「なにい！」

と、くろさわくんがとびかかっていこうとした。

先生《せんせい》は、くろさわくんをなだめて、手《て》をつないだままべんきょうをはじめた。

「おれ、かっこわりいよ。」

と、いいながら、くろさわくんは、先生《せんせい》と手《て》をつないで、べんきょうをした。

先生《せんせい》と手《て》をつないでいたら、くろさわくんはさわがなかった。あんまりおしゃべりもしなかった。てれくさそうに、ずっとにこにこしていた。

くろさわくん、先生《せんせい》がすきなのかな。

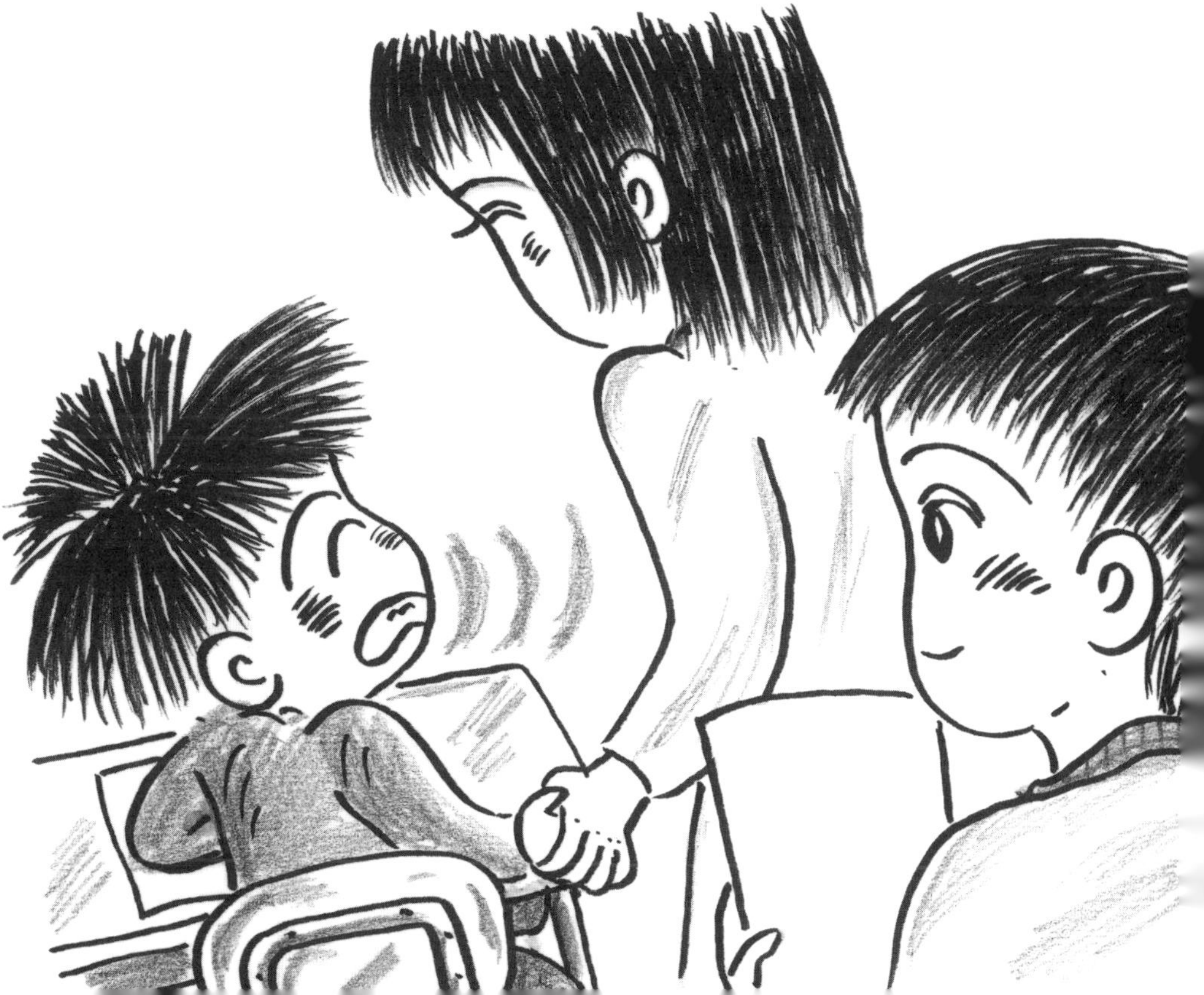

5　テストは0てん

くろさわくんは、テスト、いつも0てんなんだよ。
テストなのに、あそんでばかりいる。
きょうもえんぴつを、口《くち》や目《め》やはなではさんで、
ぼくをわらわせようとしていた。
ぼくは、わらいたいのをがまんして、テストをやった。
くろさわくんは、つまらなさそうにけしゴムをナイフできざんで、
スペース・シャトルをつくっていた。
そして、また0てん。

「こまったわねえ。ぜんぜんわからないの？」

と、先生《せんせい》がためいきをついた。

「先生《せんせい》、これかっこいいでしょ。」

くろさわくんは、けしゴムのスペース・シャトルを見《み》せびらかした。

「くろさわくん！」

と、先生《せんせい》がおこった。

「ちゃんとこたえなさい。みんなはいっしょうけんめいやってるでしょ。あなた、ほんとにひとつもわからなかったの？」

先生《せんせい》は、くろさわくんのりょう手《て》をにぎりしめて、しんけんな声《こえ》できいた。

くろさわくんは、ぷうと、ふくれている。

「じゃあね、先生《せんせい》がきくから、こたえてね。」

先生《せんせい》は、やさしい声《こえ》にもどって、テストのもんだいをひとつずついった。

くろさわくんは、ぶっきらぼうにぜんぶこたえた。

「へー。」

と、ぼくら、かんしんして、くろさわくんを見《み》なおした。

「できるじゃない。」

と、先生《せんせい》もうれしそうな声《こえ》をあげた。

「できるよ。かんたんだよ。」

と、くろさわくんはいばった。

「だけどさ、テストになるとおしっこしたくなるんだよね。それでおもしろいこと、ぱっと思《おも》いつくでしょ。それで、いいや、テストはうちでやろうって思《おも》っちゃうんだよね。おれ、テストの時間《じかん》、きらいだもん。しーんとしてさ、おそうしきみたいでさ。」

くろさわくんは、つっかえながらいっしょうけんめいはなした。

(へー。)

と、ぼくはかんしんして、くろさわくんを見《み》つめていた。

ぼくも、くろさわくんの気《き》もちわかる。おそうしきって、ぼくはしらないけど、しーんとして、きんちょうしてるのって、ぼくもいやだ。

「そう、そうだったの。」

先生《せんせい》は、くろさわくんをぎゅっとだきしめて、頭《あたま》をなでまわした。

「やめろよぉ、赤《あか》んぼうじゃないんだぜ。」

と、くろさわくんは、てれてにげた。

その日《ひ》からテストのもんだいは、はんぶんになった。時間《じかん》も、はんぶん。くろさわくんは、0てんをとらなくなった。

そそっかしいから、しょっちゅうまちがえてばかりいるけど、だんだんぜんぶのもんだいをやるようになった。

6　くろさわくんがないた

きょうは、ちゅうしゃの日《ひ》だった。

ツベルクリンというちゅうしゃだった。

先生《せんせい》が体《からだ》の絵本《えほん》をよんでくれて、ちゅうしゃのたいせつさをべんきょうしたんだけど、ぼくはやっぱりこわかった。

しょうどくのにおいも、いやだった。

だんだんぼくのばんが、ちかづいてきた。

ないてる子《こ》なんて、だれもいない。

「平気《へいき》、平気《へいき》。」

と、こじまくんなんかにこにこしてる。

「ぼく、もういっぺんやろうかな。」

なんて、みんなをわらわせていた。

だけど、ぼくはやっぱりこわかった。

あとひとり！

かんごふさんがさっさと、ぼくのうでをしょうどくした。

しょうどくのにおいが、つーんとはなにきた。

ぼくはがまんできなくて、まだちゅうしゃをしていないのに、ないてしまった。

「ふん、よわむし！」

と、くろさわくんが、ぼくのうでをつねった。

「いたーい！」

と、ぼくがべそべそないてるうちに、おいしゃさんがプスッとちゅうしゃをした。

あっというまだった。くろさわくんにつねられたより、いたくなかった。だけどぼくは、べそべそなきつづけた。

「赤《あか》ちゃんみたい。」

と、女《おんな》の子《こ》たちがくすくすわらった。

それでぼくはくやしくて、もっとないた。

「なくな、ばか。かっこわるい。」

と、くろさわくんがいばった。

すると、先生《せんせい》が、ぼくの頭《あたま》をだきかかえて、

「ないてもいいのよ。なきたいときになく子《こ》が、いい子《こ》なのよ。」

と、いった。そして、ぼくのべちょべちょの顔《かお》を、ハンカチでふいて

くれた。

ぼくはびっくりした。みんなもびっくりしていた。

「ほんと？　がまんしなくていいの？」

と、くろさわくんがきいた。

「いいのよ。」

と、先生《せんせい》は、にこにこわらってた。

「そうか、よし。」

と、くろさわくんはけんかするみたいに、うでをまくりあげて、おいしゃさんにつきだした。

「おお、元気《げんき》そうな子《こ》だ。」

おいしゃさんが、プスッとちゅうしゃをした。

とたんにくろさわくんは、

「うわーん！」

と、すごい声《こえ》でないた。

（くろさわくんがないた！）

ぼくら、びっくりして、それでそのあと、だれもなかなかった。

「へへへ、うそなき。」

なんて、あとでくろさわくん、いってたけど、ぼくら、ちゃんと、くろさわくんのなみだ、見《み》ちゃったもんね。

7「い」のつくものなんだ？

このごろ、くろさわくんがよく手《て》をあげるようになった。

「えらい、えらい。」

と、先生《せんせい》がほめるからかな。

だけど、わかりもしないのに、すぐ手《て》をあげるんだ。

あてられたって、もちろんぜんぜんこたえられない。

「うーんとうーんと、えーと、うーん。」

なんて、いつまでもうなってるだけ。

みんな、いらいらしちゃう。にこにこしてるのは、先生《せんせい》だけ。

きょうも、そうだった。

しりとりあそびの時間《じかん》。

「いす」「すいか」「かい」「いか」「かさ」「さい」と、みんながすらすらつづけて、また「い」になった。

「だれか、いえる?」

と、先生《せんせい》がきいた。

十人《にん》くらいの子《こ》が、手《て》をあげた。

「はい! はい!」

と、くろさわくんもやかましく手《て》をあげた。

そして、あたった。だけどやっぱり、ぜんぜんいえない。

「うーんとうーんと、うーんと、えーと、うーん。」

と、顔《かお》をまっ赤《か》にして、うなっているだけ。

「わかりもしないのに、手《て》えあげるなよな。」

と、こじまくんがいらいらして、どなった。

「いぬ、いえ、いも、いた、いっぱいあるじゃん。さっさといえよ。」

するとくろさわくんは、わっとこじまくんにおそいかかって、こじまくんの口《くち》を、ふさいでしまった。

「いじわる！　そうだ、いじわる。あ、いばりんぼう。そうだ、いばりんぼう！　こじまみたいなやつのこと。」

と、くろさわくんはうれしそうにいった。

みんながくすくすわらった。

先生《せんせい》もいっしょになって、わらっていた。

「やりました！」

くろさわくんはほんとにうれしそうに、「ピース、ピース」と、
V《ブイ》サインを、ふりまいていた。

8　あおむし、ちょうになれ！

ぼくは、ちこくなんかしたことがなかった。

それなのに、きょうはじめて、ちこくした。

くろさわくんといっしょになったからだ。

くろさわくんは、じどうはんばいきのおつりがでるところをのぞいたり、草《くさ》をむしったり、道《みち》におちてるものをひろったりして、のろのろとあるく。

「先《さき》にいくよ！」

と、ぼくは思《おも》いきっていった。

（また、ぶたれるかな。）

と、むねがどきどきした。

だけどくろさわくんは、なにもいわなかった。

おうだんほどうのまん中《なか》にしゃがみこんで、じっとなにかを見《み》つめている。

「先《さき》にいくよ！　ちこくだよ。」

くろさわくんは、うごかない。

（なんだろう？）

気《き》になって、そっとくろさわくんのところにもどってみた。

あおむしだった。あおむしがせなかをまるめたりのばしたりして、もっこりもっこり、おうだんほどうをわたっていた。

「こいつ、ちょうになるんだぜ。」

と、くろさわくんがいった。
「でっかいちょうちょになるんだぜ。」
なんだか、いつものくろさわくんじゃないみたいな声《こえ》だった。
ぼくがちらっとくろさわくんの顔《かお》を見《み》たら、ビビーッビビーッと、
車《くるま》がいっせいにクラクションをならした。
しんごうは、とっくに赤《あか》にかわっていた。
ぼくらはあわてて、ほどうににげた。
目《め》のまえを車《くるま》が、びゅんびゅんとおりすぎていく。
あおむしは、まだもっこりもっこりとおうだんほどうをわたっていた。
（あおむしがつぶされる！）
ぼくらはむねをどきどきさせて、車《くるま》のあいだのあおむしを見《み》つめて

いた。
学校《がっこう》のことはわすれていた。
やっとしんごうがかわった。
あおむしは生《い》きていた。
もっこりもっこり、おうだんほどうを
わたりきって、小《ちい》さなゆうえんちの
草原《くさはら》にきえた。
「やった！　やった！」
ぼくら、ちょうになったみたいに
はしゃいで、そして、ちこくしちゃった。
先生《せんせい》にしかられたけど、平気《へいき》だった。

(あのあおむし、もうすぐちょうちょになるんだな。)
ぼくら、こっそり顔《かお》を見《み》あわせて、
いっしょににやっとわらってしまった。

1ねん1くみ1ばんげんき

1　えいごきょうそう

朝《あさ》のあいさつがおわったら、

「きょうから六月《がつ》ね。」

と、先生《せんせい》がいった。

「先生《せんせい》、六月《がつ》はえいごでジューンていうんだよ。」

と、こじまくんがいった。

「あ、しってるよ。六月《がつ》にけっこんするおよめさんのこと、ジューン・ブライドっていうのよ。」

と、ユリちゃんがいった。

「あら、よくしってるわね。」

と、先生《せんせい》がわらった。

すると、ミカちゃんが、ひょこんと立《た》ちあがって、

「先生《せんせい》、えいごくらい、わたしもしってます。」

と、いった。

「先生《せんせい》は、ティーチャー。つくえはデースク。えんぴつはペンスル。学校《がっこう》はスクール。」

ミカちゃんは、ぺらぺらとしゃべった。

「あらまあ、すごいわねえ。」

と、先生《せんせい》がいった。

すると、えいごじゅくにかよっている子《こ》たちが、つぎからつぎへときょうそうするみたいに、えいごをいった。

（みんなすごいなあ。）

と、ぼくは、かんしんしてきいていた。

ぼくもひとつくらい、いおうと思《おも》ったけど、あせっちゃって、ぜんぜん思《おも》いつかない。

「先生《せんせい》、ぼくだってしってるぞ！」

と、きゅうにくろさわくんが立《た》ちあがった。

「犬《いぬ》はドッグ、バナナはバナーナ、ねこはニャンコ、うしはギューっていうんだぜ。」

それで、きょうしつ中《じゅう》が大《おお》わらいになった。

「きつねはコンコン、おならはプー。」

くろさわくんは、ちょうしにのって、またでたらめをいった。みんなもつられて、口《くち》ぐちにでたらめをいった。

それでようやく、えいごのきょうそうはおわりになった。
ぼくは、とってもほっとした。

2　わゴムひとつ

くろさわくんて、らんぼうだし、ちょっときたないから、だれもおたんじょう会《かい》にさそわないんだよ。

こじまくんも、くろさわくんをさそわなかった。

さそわれたのは、ぼくとあらいくんとユリちゃんとミカちゃんだけ。

それなのに、くろさわくんは、かってにおしかけてきた。

ピンポーン、ピンポーン、ピンポーンと、やかましくチャイムをならして、

「へへへえ、おたんじょう日《び》おめでとう。」

なんていって、かってにずかずかあがりこんできた。

「おまえさ、ずいぶんあついときにうまれたんだね。おれはさ、十二月《がっ》三十一日《にち》。しってるか？　おおみそかっていうんだぞ。雪《ゆき》、ふってたんだぞ。ぼたん雪《ゆき》。すごいだろ。」

ひとりでしゃべって、あっというまに、ぺろっとケーキをたべちゃった。

「なんだよ、おまえ。なにかプレゼントもってきたのかよ。」

と、あらいくんがきいた。

「そうよ、ちょっとしつれいよ。」

と、ミカちゃんもいった。

「え？　え？」

と、くろさわくんはすっかりあわてて、ズボンのポケットをかきまわしていたけど、やがてわゴムをひとつ、そうっとテーブルの上《うえ》においた。ごみのくっついた、わゴムひとつ。

「なんだよ、これ。」

と、こじまくんがいった。

「へへへ。」

と、くろさわくんはわらって、わゴムを、ゆびでこすった。

わゴムは、くるくるとまるまって、ゆびをはなすとポンと、とびあがった。

「なんだよ、それがどうしたんだよ。」

と、こじまくんがいった。

「へへへ。」

と、くろさわくんは、わゴムをゆびにひっかけて、こじまくんをパチンとうった。
そして、ゆうゆうとかえっていった。

3　せいぎのみかた、どろんこマン

まい日《にち》、雨《あめ》ばかり。
きょうも雨《あめ》だった。
学校《がっこう》からのかえり道《みち》。
「おまえんちであそんでやるよ。」
と、くろさわくんにいわれて、ぼくは、こまっていた。
くろさわくんは、うちに

あそびにくると、いつまでもかえらないし、なんでもいじくりまわしてこわしちゃうから、いやなんだ。

でも、ぼくは、ことわれない。

「な、いいだろ？」

と、くろさわくんは、しつこい。ぼくがぐずぐずしていたら、

「わたしもいっていい？」

と、ユリちゃんがきいた。

「うん。」

と、ぼくは、元気《げんき》よくへんじをした。

「よーし、きまりい。プロレスやろう。」

と、くろさわくんがいった。

またやっつけられるのかと思《おも》って、ぼくは、うんざりした。

「女《おんな》の子《こ》はプロレスごっこなんか、しないのよ。」

と、ユリちゃんがわらった。

「ばっかだなあ、おまえ。女子《じょし》プロレスってのがあるんだぞ。テレビでやってんだぞ、しらないの？」

くろさわくんは、ぜったいプロレスごっこをやるといいはった。

それで、いいあいになった。

かさとかさをぶつけあわせるようにして、いいあっていたら、黒《くろ》い大《おお》きな車《くるま》がはしってきた。

せまい道《みち》だったから、ぼくらは、あわててコンクリートのへいにはりついて、よけた。

それなのに、黒《くろ》い大《おお》きな車《くるま》は、ぜんぜんスピードをゆるめなかった。ビュウッとはしってきて、バシャッと、ぼくらにどろ水《みず》をひっかけた。

くろさわくんは、かさでパッとよけたけど、ぼくとユリちゃんは、ぼけーとつっ立《た》っていたから、どろ水《みず》でびしょぬれになった。

ぼくがべそべそなこうとしたら、

「あーん！」

と、先《さき》にユリちゃんがなきだした。

大《おお》きななき声《ごえ》だったから、ぼくはびっくりして、なくのをやめた。

「よーし、かたき、とってやるぞ！」

と、くろさわくんがいった。

黒《くろ》い大《おお》きな車《くるま》は、つぎのしんごうでとまっていた。

「おれが、あやまらせてやるからな！」

くろさわくんは、かさもランドセルもほうりだして、

「ウーウーウーウー！」

と、パトカーみたいにわめきながら、
黒《くろ》い車《くるま》のあとをおいかけた。
しんごうがかわって、黒《くろ》い車《くるま》は
左《ひだり》のほうに、まがっていった。
「ウーウーウーウー！」
と、いいながら、くろさわくんも左《ひだり》のほうに
まがって、見《み》えなくなった。
ユリちゃんは、わあわあないて、
ひとりでかえっていった。
ひとりぼっちになって、ぼくもべそべそないていた。
でも、くろさわくんはかえってこない。
しょうがないから、ぼくは、かさとランドセルをくろさわくんのア

パートに、とどけた。

ふるぼけた二かいだてのアパート。

くろさわくんは、そこでお父《とう》さんとふたりでくらしている。

うすぐらいげんかんにこしかけて、三十ぷんくらいもまっていたら、

やっとくろさわくんがかえってきた。

（よかった！）

ぼくは、パッと立《た》ちあがった。

くろさわくんは、ぜんしんずぶぬれだった。足《あし》にもせなかにも、はねがあがって、どろだらけだった。

「つかまえた？」

と、ぼくがきいたら、

「もうちょっとだった。おしかった。」

と、くろさわくんは、
くやしそうにアッパーカットのまねをした。

くろさわくんの頭《あたま》からは、あたたかそうなゆげが、ぽっぽっとあがっていた。

「ゆげ、立《た》ってる。」

と、ぼくがわらったら、くろさわくんは、頭《あたま》をぐしゃぐしゃとかきまわして、

「あそんでく?」

と、きいた。

「かえる。」

と、ぼくはあわてていった。

「そっか。おれもこれ、せんたくするんだ。」

くろさわくんは、ずぶぬれのシャツをつんつんとひっぱって、にやっとわらった。

「じゃあな。」

くろさわくんは、ろうかにぺたぺた足《あし》あとをつけて、さっさとじぶんのへやにいってしまった。テレビまんがのうたを、ちょうしっぱずれの大《おお》きな声《こえ》でうたっているのが、ずっといつまでもきこえていた。

うちにかえって、ぼくもどろ水《みず》をかけられたシャツをあらってみた。

テレビまんがのうたをうたいながら、はじめてひとりでせんたくをした。

4　くろさわくんがおこった

くろさわくんのポケットには、
いつもいろんなものが入《はい》っている。
わゴム。ビー玉《だま》。どんぐり。まつかさ。
せみのぬけがら。ごみみたいになったたんぽぽ。
どうってことない石《いし》っころ。
きょうは、シャツのポケットから、くわがたをとりだした。
「あ、くわがただ。」
と、ぼくらは、くろさわくんのまわりにあつまって、ちりがみをはさ

ませたりして、あそんだ。

「これ、こくわがたっていうんだぜ。木《き》のしるをすって、生《い》きてるんだぞ。」

くろさわくんは、とくいになって、しゃべった。

「昼《ひる》まはね、木《き》のかわのあいだにかくれてるから、朝早《あさはや》くおきて、つかまえたんだぞ。」

くろさわくんは、こん虫《ちゅう》のこと、ほんとによくしっている。

「くろさわくん、こん虫《ちゅう》はかせだね。」

と、ユリちゃんがいった。

「へへへえ。」

と、くろさわくんは、まっ赤《か》になった。

すごくうれしそうだった。

そこに、こじまくんがやってきた。

ぼくらをおしのけて、ちらっとのぞきこんで、

「なーんだ、くわがたか。」

と、いった。

「ちっちぇなあ。いくら？　五百円《えん》？」

こじまくんは、サッとくわがたをとりあげて、ハンカチをはさませた。

「かったんじゃないぞ。ひみつのばしょでつかまえてきたんだぞ。」

と、くろさわくんはいばった。そして、こじまくんから、くわがたをとりもどそうとした。

「なーんだ、そうかよ。こんなぼろっちいの、うってるわけないもんな。」

こじまくんは、ばかにしたようにわらって、左手《ひだりて》でくわがたをつかまえたまま、右手《みぎて》で力《ちから》いっぱいハンカチをひっぱった。

あっというまのことだった。

ハンカチをはさんだくわがたの首《くび》が、スポッととれてしまった。

ユリちゃんたちがひめいをあげた。ぼくらもワーワーいった。

「ちぇっ、やっぱりぼろっちいや。」

こじまくんは、ちぎれたくわがたの頭《あたま》とどうを、ぽいと、くろさわくんのつくえの上《うえ》にほうりなげた。

くろさわくんは、ちぎれた頭《あたま》とどうをくっつけていたけど、

「てめえ！」

と、すごい声《こえ》でどなった。

こじまくんは、パッとにげた。ぼくらもにげた。

くろさわくんはつくえをひっくりかえして、こじまくんにいすをなげつけた。

「てめえ！」

と、くろさわくんはなきわめいて、こじまくんをおいかけまわした。

「べんしょうすればいいんだろ。」

こじまくんは、へらへらわらってにげまわった。

「そんなもの、学校《がっこう》にもってくるからわるいんだよ。おまえがわるいんだぞ。」

にげまわりながら、そんなことを、ぺらぺらしゃべりまくっていた。

そうかもしれないけど、ぼくは、こじまくんがきらいになった。

すごくきらいになった。

その日《ひ》、くろさわくんは、一日中《にちじゅう》、そわそわして、先生《せんせい》にしかられてばかりいた。

ぼくも、一日中《にちじゅう》いやな気分《きぶん》だった。

5　めんこのおやぶん

お父《とう》さんとお母《かあ》さんは、おしごとだし、こじまくんは、えいごきょうしつ。あらいくんは、さんすうきょうしつ。ユリちゃんは、すいえいきょうしつ。みんないそがしい。

ひまなのは、ぼくだけ。もっとひまなのが、くろさわくん。ひまなもんだから、しょっちゅう、ぼくんちにおしかけてくる。きょうも、おしかけてきた。

ピンポーン、ピンポーン、ピンポーンと、いそがしくチャイムをな

らして、トントコトンのスットントントンと、ドアをたたいた。

ぼくは、ことわれない。

ぐずぐずしながら、ドアをあけたら、

「めんこしようぜ。」

と、くろさわくんは、ぼくをおしのけるようにして、入《はい》ってきた。

「ほら、早《はや》くめんこもってこい。」

と、ぼくにめいれいした。

ぼくは、ことわれない。

お父《とう》さんにかってもらっためんこをもってきたら、パチン！　パチン！　と、かたっぱしからひっくりかえされて、あっというまに、ぜんぶとられちゃった。

「ほら、もっともってこい。」

と、くろさわくんは、いばってる。

「もうない。」

ぼくは、なきそうになったけどがまんして、
くろさわくんをにらんだ。

（早《はや》くかえれ！）

と、にらんだ。

だけど、くろさわくんには
ぜんぜんつうじない。

「なければ、かってこい。」

なんて、いばってる。

「やだ。お金《かね》なんかもってない。」

「へえ、おまえんち、びんぼうなの？」

「そう。」

「へえ。おこづかいいくら？」

「十円《えん》。」

「一日《にち》？」

「一か月《げつ》。」

「へえ。おれ、一日《にち》、二百円《えん》だぜ。へえ、おまえんち、よっぽどびんぼうなんだね。」

くろさわくんは、ぼくからとりあげためんこをいじくりまわして、

「だけど、これは、しょうぶでとったんだからな。かえさないぞ。」

と、ぼくをにらんだ。

「いらないよ！」

と、ぼくは、どなった。ぼろぼろっとなみだがこぼれた。

「あのさ、ほんじゃさ、つくれよ。」

と、くろさわくんがいった。

「え？　なにを？」

「めんこさ。こんなのかんたんだよ。」

「やだ。めんどくさい。」

「ほら、はさみとあつがみ、もってこい。」

と、くろさわくんはめいれいした。

しょうがないから、はさみとあつがみをさがしてきた。

くろさわくんは、はさみでめんこをきりぬきはじめた。

ぼくは、ふてくされて見《み》ていた。

くろさわくんは、はさみのつかいかたがへたくそだった。

でこぼこでちんちくりんのめんこしか、きりぬけなかった。

「かしてみろよ。」

と、ぼくがはさみをとりあげて、すごく大《おお》きなまるいめんこをきりぬいた。

「あ、十五夜《じゅうごや》お月《つき》さんみたい。」

と、くろさわくんが、かんしんしたような声《こえ》をあげた。

それで、ぼくはすっかりうれしくなって、はなうたなんかうたいながら、金色《きんいろ》の色《いろ》がみをはった。うらには、みどりの色《いろ》がみをはった。きれいにはれた。

「へえー。」

と、くろさわくんがかんしんしてるから、ぼくは、ますますちょうしにのって、

「ちょっとさみしいみたいだな。」

とかいいながら、ドラえもんをきりぬいて、はりつけた。

「おれにもやらせろ。」

と、くろさわくんは、ロケットをきりぬいて、はりつけた。

そのあと、ふたりでおしゃべりしながら、うさぎやおだんごやくわがたや、いろんなもようをはりつけたり、かいたりした。

一時間《じかん》いじょうもかかって、とうとうできあがった。

どっしりしていて、とってもきれいなめんこだった。

「さあ、やるぞ！」

ぼくは、元気《げんき》いっぱいという気分《きぶん》になって、大《おお》きなめんこをパシッと、ゆかにたたきつけた。

ぶわっと色《いろ》がみやあつがみのきれっぱしが、ふっとんだ。

「ほら、めんこだせ。」

と、ぼくは、くろさわくんにいった。
くろさわくんは、大《おお》きなめんこをじっと見《み》つめていたけど、
「そんなのと、しょうぶする気《き》、ないよ。」
と、あっさりかえっていった。
「えーい、ひきょうものっ！」
ぼくはひとりで、
なんどもめんこを
ゆかにたたきつけて、
それからめんこのおやぶんを、
テレビの上《うえ》にかざっておいた。

6 たなばたのプレゼント

くろさわくんて、うそつきでしつこいから、きらいだ。

きょうも、こじまくんがたなばたパーティにさそってくれたのに、

「おれんちだって、やるぞ。すごいんだぞ。おれんちにこいよ。なっ、なっ。」

と、しつこくぼくをさそった。

ぼくは、こまってしまって、ぐずぐずしていた。

「どっちにするんだよ。」

と、こじまくんがぼくをにらんだ。

ぼくは、ほんとにこまってしまった。

「こないんだなっ。」

と、こじまくんはおこって、あらいくんやミカちゃんをひきつれて、さっさとかえってしまった。

しかたがないから、ぼくはくろさわくんのアパートにあそびにいった。

それなのに、くろさわくんはひとりでぽつんと、テレビを見《み》ているだけだった。あいかわらずきたならしいへや。

パーティなんて、ぜんぜんうそ！

「うそつき。」

と、ぼくがいったら、

「たなばたさまのパーティって、夜中《よなか》にやるんだぞ。天《あま》の川《がわ》ながめて、けんぎゅうとしょくじょに、おいのりするんだぞ。」

と、いばった。

「ねがいごとは、もうちゃんとかんがえてあるんだぞ。」

と、色《いろ》とりどりのたんざくを、ひらひらさせた。

「お父《とう》さんもさ、きょうは早《はや》くかえってくるんだ。ささをかって、早《はや》くかえってくるんだ。」

と、うれしそうにわらった。

（へー、いいなあ。）

と、ぼくはちょっぴりうらやましくなった。ぼくんちではそんなこと、ぜんぜんはなしにでなかった。

（そうだ、ぼくもたんざくをつくって、ねがいごと、かいておこう。）

ぼくがかえろうとしたら、くろさわくんがふざけて、とつぜんおそいかかってきた。カンフーのまねしたり、プロレスのわざをかけたりした。ぼくは、さんざんにやっつけられた。

ぼくがおこってかえろうとしたら、くろさわくんは、ぼくのくつをかくしてしまった。いくらいっても、かえしてくれない。

「もう、かんぜんにぜっこうだからな！」

ぼくは、すごくおこって、なきながらはだしでうちにかえった。

そして、色《いろ》がみをきって、たんざくをつくった。

たくさんのたんざくぜんぶに、〝くろさわ　しね！〟と、かいた。

かきすぎて、うでがいたくなった。

（ほんとにねがいがかなったら、どうなるのだろう？）

と、山《やま》ほどのたんざくをながめて、ふあんになってきた。

（こんなことかいたら、お母《かあ》さんにもしかられるな。）

と、思《おも》った。

それで、ちょっともったいなかったけど、たんざくをすっかりひきさいて、あたらしいたんざくをつくった。

〝ぼくが　すごく　つよく　なりますように〟

〝すいえいが　七きゅうに　なりますように〟

〝みんなと　なかよく　なれますように〟

〝おとうさんが　たまには　はやく　かえれますように〟

そんなことをたくさんかいた。

かいていたら、お母《かあ》さんがかえってきた。

ちゃんと、ささをかってきてくれた。

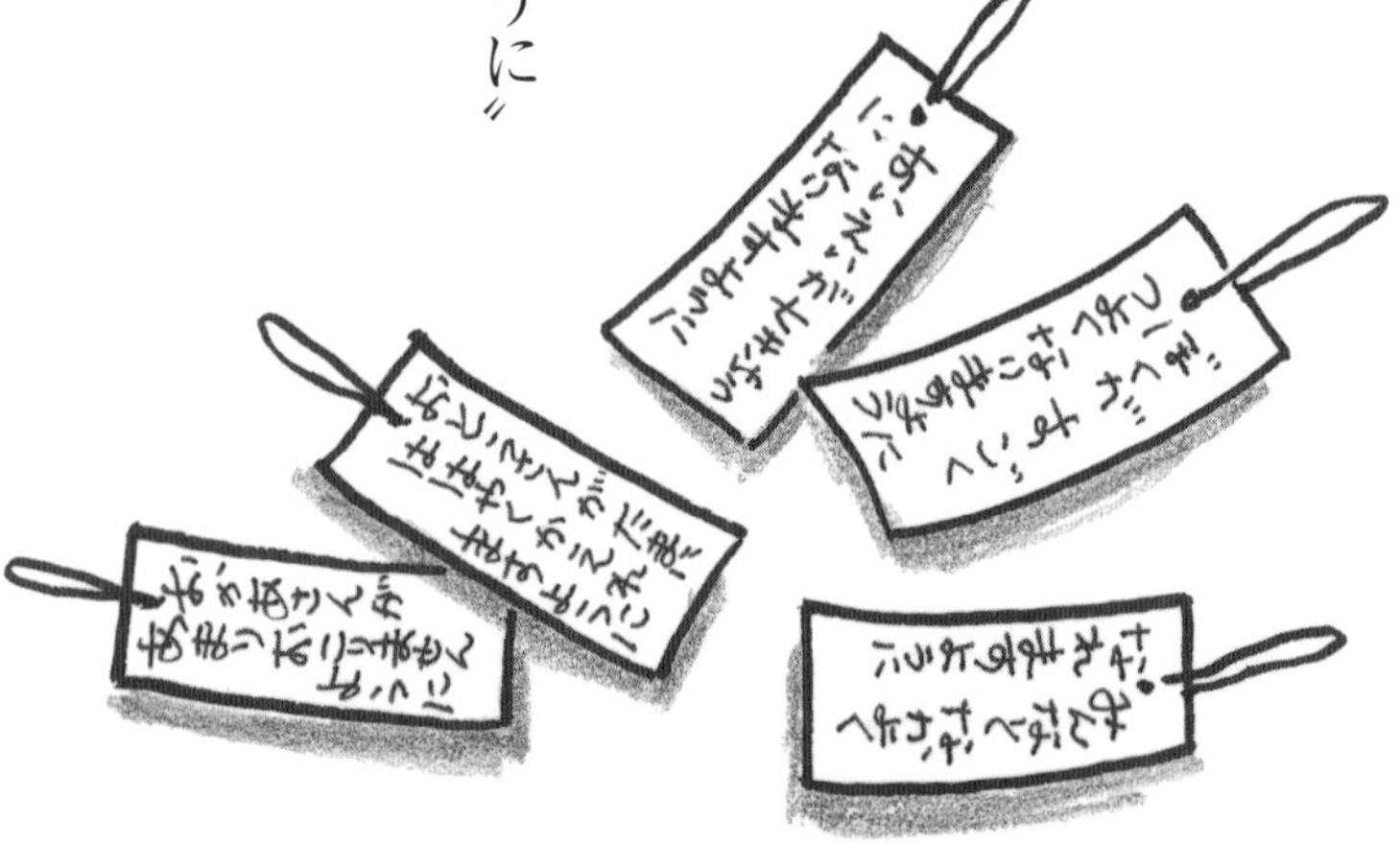

その日《ひ》の夜《よる》。お父《とう》さんとお母《かあ》さんとぼくの三人《にん》で、ベランダにでて、天《あま》の川《がわ》をながめていたら、げんかんのチャイムがなった。あわててとんでいって、ドアをあけた。

だけど、だれもいなかった。

「あれ？」

と、きょろきょろしてたら、ろうかのすみっこに、小《ちい》さなはこがちょこんとおいてあった。みどり色《いろ》のリボンがついていた。

あけてみたら、ぼくのくつだった。

くつの上《うえ》に、オレンジ色《いろ》のたんざくがのっていて、〝ごめんな〟と、へたくそな字《じ》でかいてあった。

ぼくはいやだったんだけど、お母《かあ》さんがくろさわくんのたんざくも、
ベランダのささにぶらさげた。

1ねん1くみ1ばんゆうき

1

きょうは、父親《ちちおや》さんかん日《び》だった。
きょうしつのうしろは、
お父《とう》さんたちでいっぱいだった。
ぼくらはみんなこちこちになって、しーんとしてた。
先生《せんせい》もちょっとおしゃれして、にこにこしてる。
ぜんぜん平気《へいき》なのは、くろさわくんだけだった。
やさしいもんだいをあてられても、
「わからんでござる。」
なんて、平気《へいき》でふざけてた。

へんなことばは、テレビの『水戸黄門《みとこうもん》』のまね。くろさわくんて、すぐテレビのまね、するんだよね。

「こまったことでござる。」

先生《せんせい》もちょっとふざけた。

だけど、お父《とう》さんたちは、ぜんぜんわらわない。おこったみたいに、しーんとしてた。

しーんとしたまま、さんすうの時間《じかん》がおわった。

くろさわくんのお父《とう》さんは、とうとうあらわれなかった。

あーあ、かたこったでござる。

二時間目《じかんめ》は、たいいくだった。

くろさわくんのお父《とう》さんは、まだこない。

「ドッジボール！　ドッジボール！」

と、くろさわくんがさわいだ。

ぼくらもさわぎたかったんだけど、お父《とう》さんたちが、ぎょろぎょろにらんでいるから、しーんとしてた。

「へえ、みんなは、やりたくないんだ？　そうだよね、でーんとぶつけられると、いたいもんね。くろさわくんだけ、わがままいってもだめよ。」

先生《せんせい》は、ぼくらの気《き》もちをしってるくせに、いじわるした。

だけどぼくら、やっぱりもじもじしてた。

するとくろさわくんが、

「えーい、これが目《め》に入《はい》らぬか！」

と、ボールをぶんぶんふりまわした。

お父《とう》さんたちが、
あははとわらった。
ぼくのお父《とう》さんも
わらってた。
みんな、わらいたいのに、
ずっとがまんしてた
みたいだった。
「ドッジボール！」
「ドッジボール！」
やっとぼくらは
大声《おおごえ》をあげた。

2

ぼく、ドッジボールへたなんだよね。

「くどうのボールには、ちょうちょがとまる。」

なんて、くろさわくんは、ばかにする。

きょうも、ばかにされた。

「あ、とんぼもとまってます。」

くろさわくんは、ぼくのなげたボールを、ひょいとかた手《て》でうけとめて、いきなりビュッとなげかえしてきた。

「あっ！」

びっくりしてしゃがんだら、しゃがんだところにボールがとんでき

た。

バーンと顔《かお》にあたった。一メートルくらいふっとんだ。

パチパチッと、目《め》から星《ほし》がとんで、ぼくはコテンと、きぜつしてしまった。

気《き》がついたら、ほけんしつのベッドにねてた。

はなぢがでたくらいで、たいしたことはなかった。たいしたことないのに、お父《とう》さんにおんぶされて、いえにかえった。

お父《とう》さんは、おこってるみたいだった。ひとことも口《くち》をきかない。

「どうしたの？」

お母《かあ》さんがぼくのはれあがった顔《かお》を見《み》て、かなきり声《ごえ》をあげた。

「なさけない！」

お父《とう》さんは、けさからきんえんしてたのに、立《た》てつづけに、ぷかぷかタバコをすった。

やっぱりおこってる。

なんでおこってるのか、ぼくにはさっぱりわからない。

ぼくは、さっさとふとんにもぐりこんだ。

「そんなこと、しょうがないでしょ。きゅうにつよくなれるわけないじゃない。くろさわくんの力《ちから》がつよすぎただけで、しんをせめることないでしょ。」

お母《かあ》さんとお父《とう》さんが、いいあいをしていた。

いいあいになったら、かならずお母《かあ》さんがかつ。

ぼくは、あんしんして、スースーねむった。

だけど、お昼《ひる》ごはんをたべて、すっかり元気《げんき》になったら、

「ちょっとこい。」

と、お父《とう》さんに、こうえんにつれだされた。

ドッジボールのとっくんだった。

「ほら、こしおとして。こわがるから、だめなんだ。ほらほら、すぐにげる。なんでこんなでっかいボールがうけられないんだ。ビッとしろ！」

お父《とう》さんはうるさい。ひとりでかっかしてる。

ぼくは、ぜんぜんやる気《き》がない。

お父《とう》さんは、ますますかっかして、ビュンビュンつよいボールをなげてきた。くろさわくんのボールどころじゃない。ボールがうなりながらとんでくる。

ぼくは、ころされないように、ひっしでドタバタにげまわった。
「にげるな！　バシッと体《からだ》でうけとめろ！」
お父《とう》さんは、頭《あたま》にきて、力《ちから》いっぱいボールをなげた。
そのボールがバーンとおでこにあたって、ぼくはまたひっくりかえった。
だけど、もうきぜつなんかしなかった。
（ちきしょう！）
お父《とう》さんをにらんで、パッとにげた。
お父《とう》さんが、うしろでどなってたけど、どんどんにげた。
（ちきしょう！）
お父《とう》さんもドッジボールも、みんなきらいになった。

3

なきながら、ふらふらあるいていたら、
くろさわくんが学校《がっこう》からかえってきた。
「あれ、まだないてるの？　ごめんな。」
くろさわくんは、ほんとにしんぱいそうに、
ぼくの顔《かお》をのぞきこんだ。
「ぼく、いえでしたんだ。」
ぼくは、ワーワーないた。なきながら、
お父《とう》さんにやられたことをはなした。
「そんな親《おや》は、おにでござる。」

くろさわくんもおこった。

「せっしゃのやしきで、くらしなさい。」

それで、くろさわくんのアパートで、ずうっとまんがをよんでくらした。

はっと気《き》がついたら、もう夕《ゆう》がただった。

「かえる。」

ふらっと立《た》ちあがったら、

「もうちょっといなよ。おまえ、いえでしたんだよ。」

と、くろさわくんがいった。

「うん……。」

ぼくはこまった。

お母《かあ》さんは、きっとしんぱいしてる。だけど、またお父《とう》さんにどなられるのは、いやだ。ぜったい、いやだ。もうどうしていいのかわかんなくて、ヒックヒックとなきじゃくった。

「ずっとおれんちにいたら？」

と、くろさわくんがいった。

くろさわくんのお父《とう》さんは、タクシーのうんてん手《しゅ》さんだから、いつもかえりがおそい。

でも、ずっといるなんて、そんなことできるわけがない。それに、くろさわくんのお父《とう》さんは、ぼくのお父《とう》さんより、もっとおっかないみたいだし……。

「じゃあね。」

なきじゃくりながら、くつをつっかけていたら、

「これをやるでござる。」

と、くろさわくんが、おりがみの
めんこみたいなものをくれた。

手《て》あかによごれた、ぼろっちいやつ。

まん中《なか》に子⃝とかいてあった。

「なにこれ？」

「水戸黄門《みとこうもん》のいんろう。」

「なにするの？」

「え、しらないの？

いばってるやつを、一ぱつで
やっつけられるんだぜ。」

これが目《め》に入《はい》らぬか！

と、くろさわくんは、やって見《み》せてくれた。

くろさわくんの顔《かお》つきがおかしくて、ぼくはなきながらわらってしまった。

へへへえと、くろさわくんもわらった。

「これ見《み》せるとね、おれんちのおやじは、ぶんなぐらないよ。」

「ほんと？」

「ほんとでござる。やってみな。」

それでぼくは、くろさわくんにやりかたをおしえてもらって、**これが目《め》に入《はい》らぬか！**と、なんどもれんしゅうした。

「よし、だいじょうぶ。がんばれ。」

くろさわくんが、バンとせなかをたたいた。

「うん。がんばる。」

ぼくは、いんろうをにぎりしめて、はしっていえにかえった。

くろさわくんは、アパートのまどから、ずっとぼくを見《み》おくってくれてた。

いつもはそんなことしないいんだけど、いきおいよくピンポーン、ピンポーンと、げんかんのチャイムをならした。

「どこいってたの？　しんぱいしてたのよ。」

お母《かあ》さんが、とびだしてきた。

「どうしたの？　さっさと入《はい》んなさい。」

お母《かあ》さんがぼくをだきかかえようとした。ぼくは、サッとよけた。

「おう、生《い》きてたか？」

と、お父《とう》さんもでてきた。

ぼくは、ちらっとお父《とう》さんをにらんだ。

「おっかない顔《かお》して、どうした？　うんこでももらしたんか？」

お父《とう》さんは、あははなんてわらった。

（にゃろう！）

ぼくは、むねいっぱいに、しんこきゅうをして、お父《とう》さんの目《め》のまえに、グッといんろうをつきつけた。

「お父《とう》さん、あんまりいばるな！」

ちょっとへんな声《こえ》になったけど、ぼくは、ちゃんといえた。

（いったぞ！）

と、むねがドキドキした。それなのに、

「え？」

「なんだ？」

お父《とう》さんもお母《かあ》さんも、顔《かお》を見《み》あわせて、きょとんとしてる。

「えーい、**これが目《め》に入《はい》らぬか！**」

ぼくはもう一ぺん、いんろうをつきつけた。

お父《とう》さんとお母《かあ》さんが、ちらっと顔《かお》を見《み》あわせて、ようやく、

「へへーっ。」

と、頭《あたま》をさげた。

4

「ありがとう。」

と、学校《がっこう》でくろさわくんにおれいをいった。

「え、なんだっけ？」

「ほら、これ。」

ぼくは、ポケットからいんろうをとりだして見《み》せた。

「ああ、ききめあった？」

「あったあった。お父《とう》さん、ぜんぜんいばらなくなった。しょうぎ、おしえてもらった。いっしょに、たいやきたべた。」

ぼくが、あんまりうれしそうなので、

「へー。」

と、くろさわくんは、きゅうにいじわるな顔《かお》になった。

「だけどおまえ、ほんとへたすぎるよな。」

いやだっていったのに、二十ぷん休《やす》みに、こうていでドッジボールのとっくんをやらされた。こじまくんたちもいっしょだった。

「ビッとしろ！」

なんて、みんな、お父《とう》さんとおんなじことをいって、バンバン、ボールをぶつけてきた。

ぼくは、ひっしでにげまわった。そのうち、にげるのがだんだんうまくなってきた。なかなかあたらない。

「えーい、ひきょうもの！」

くろさわくんたちは、ますますかっかして、ビュンビュンぶつけてきた。

だけど、ちかいところからぶつけられても、サッとよけられるようになった。ぜんぜんあたらない。

ぼくは、すっかりうれしくなって、

「どーしたどーした、あっかんべー。」

なんていいながら、ちょうしにのって、ひょいひょいにげまわった。

そのうち、こじまくんのなげたボールがバーンと、四年生《ねんせい》のはまだくんの顔《かお》にあたった。

「あっ！」

と、ぼくらはびっくりした。

こじまくんは、パッとにげた。すごくはやかった。

ギロッとふりむいたはまだくんが、くろさわくんを見《み》つけた。

「てめえ！」

と、はまだくんが、くろさわくんにおそいかかってきた。

くろさわくんは、四年生《ねんせい》たちにとりかこまれて、なぐられたり、けられたりした。

「おれじゃないよ！」

と、いくらいってもきいてくれない。

ぼくはこわくて、にげることさえできなかった。四年生《ねんせい》たちのうしろで、ただおろおろしてた。

「やめろ、やめろー！」

と、くろさわくんがさけんでいた。

よってたかって、こづきまわされていた。

「やめろー、ちきしょー！」

くろさわくんが、ないていた。
まわりにはたくさん
人《ひと》がいるのに、
だれもたすけてくれない。
みんな、しらんぷり。
ぼくは、ポケットの
いんろうをにぎりしめて、
「や、やめてよ、やめてよ！」
と、なきながらいった。
「なんだ、このちび。」
はまだくんたちが、
ふりむいた。

「や、やめろー！」

ぼくは、(子)のいんろうをつきつけた。

「なんだこれ？」

はまだくんたちが、きょとんとした。

「い、いんろう。」

と、ぼくは、なきじゃくりながらいった。

「あほか。」

「おちょくってんのか。」

はまだくんたちが、おこった。

ぼくは、めためたにやられた。

いんろうも、びりびりにやぶかれてしまった。

5

こうていには、だれもいなくなった。
くろさわくんとふたりで、
やぶかれたいんろうのかけらを
ひろいあつめた。
風《かぜ》にとばされたり、みんなにけちらされたりして、はんぶんもひろいあつめられなかった。
あつめたかけらを、しゃがみこんでくっつけあわせていたら、先生《せんせい》がいつのまにかやってきて、だまっていっしょにてつだってくれた。
「これを見《み》せて、四年生《ねんせい》とたたかったんだね。」

と、先生《せんせい》がいった。

「がんばったんだね。」

先生《せんせい》が、ぼくらのかたをだいた。

するとくろさわくんが、きゅうに立《た》ちあがって、

「こんなもの！」

と、くっつけあわせたばかりのいんろうを、力《ちから》いっぱい空《そら》になげつけた。

「ちきしょう！」

いんろうのかけらは、風《かぜ》にふきとばされて、空《そら》たかくまいあがり、きえてしまった。

三時間目《じかんめ》は、しゃかいだったけど、くろさわくんとぼくが、四年生《ねんせい》

にやられたことをはなしあった。

四年生《ねんせい》はいつもいばっているということが、たくさんだされた。ぼくもやられた、わたしたちもへんなこといわれた、と、みんなが口《くち》ぐちにいった。

「ひどいことされて、なんでだまってるの？」

と、先生《せんせい》がきいた。

「こわい。」

「しかえしされる。」

と、みんながいった。

「しんくんは、にげなかったよね。」

と、先生《せんせい》がいった。

「どうして？」

ぼくはこまった。こわくてにげることもできなかったなんて、やっぱりかっこわるくていえない。

だけど、先生《せんせい》もみんなも、じっとまってる。

「いんろうでござる。」

ぼくは、こっそりくろさわくんの口《くち》まねをした。

わあっと、みんながわらった。

「ばっかじゃないの。あんなもの、テレビのおはなし。くっだらないよ。」

こじまくんが、ばかにした。

「なんだよ。おまえのおかげでやられたんだぞ。」

くろさわくんがおこった。

「おまえら、にぶいからさ。」

こじまくんが、へらへらわらった。

くろさわくんが、すごい顔《かお》で、こじまくんにとびかかった。

ぼくは、もたもたしながら、くろさわくんにだきついて、とめた。

くろさわくんは、くやしそうにぼろぼろなみだをこぼしていた。

ぼくもくやしくて、またないてしまった。


先生《せんせい》は、ぼくらがなきやむまで、じっとまっていた。

みんなもじっとうつむいて、だまっていた。

「四年生《ねんせい》にやられたら、にげるしかないのかな？」

と、やがて先生《せんせい》がいった。

「じっとがまんしてるしか、ないのかな？」

きょうしつは、しーんとしてた。

みんな、うつむいてかんがえていた。

こじまくんまでまじめな顔《かお》して、かんがえていた。

「これからもずっとがまんして、くやしい思《おも》いして、へこへこしながら、くらすのでござるか？」

と、先生《せんせい》がいった。

ぼくらは、わいわいはなしあった。

「あんなやつら、おれがもうちょっと大《おお》きくなったら、かならずぶっとばしてやる！」

くろさわくんは、だんだん元気《げんき》になってきたけど、ぼくら、やっぱりくろさわくんが大《おお》きくなるまではまてない。

「ぼうりょくをやめてください。」

と、がんばって、みんなでいいにいくことにした。

がんばるおまじないに、いんろうをつくった。

すきかってに、まるや四《し》かくや、星《ほし》がたのいんろうをつくった。

いんろうのまん中《なか》の字《じ》も、いろいろだった。

じぶんのなまえがおおかったけど、〝なめんなよ〟とか、〝1ねん1くみ〟とか、〝ぼうりょくはんたい〟とか、ずいぶんながいのもあった。

6

四時間目《じかんめ》がおわるころに、
ぼくらは、はまだくんたちのクラスにいった。

ドンドンと、くろさわくんが戸《と》をたたいた。

「やあ、いらっしゃい。なんのよう？」

と、男《おとこ》の先生《せんせい》がでてきた。

こわそうな先生《せんせい》だったので、ぼくらはもじもじしてた。

くろさわくんも、もじもじしてた。

ぼくらの先生《せんせい》は、ずっとうしろのほうにいて、しらんぷりだ。

「ようじはなんだい？　ようじがなかったら、かえりなさい。」

男《おとこ》の先生《せんせい》が、ぼくらをにらんだ。

「四年生《ねんせい》の人《ひと》たちに、いいたいことがあります。」

と、くろさわくんがいった。

きょうしつでれんしゅうしてきたとおりに、大《おお》きな声《こえ》でいった。

男《おとこ》の先生《せんせい》は、きゅうに、にこっとわらった。

すごくやさしそうな顔《かお》だった。

「じゃ、がんばって大《おお》きな声《こえ》でいうんだよ。」

ぼくらをだきかかえるようにして、きょうしつに入《い》れてくれた。

ぼくらは、こくばんのまえに、ぞろっとならんだ。

四年生《ねんせい》たちに見《み》つめられて、足《あし》がふるえそうだったけど、みんなで、

「せーの」と、あいずしあって、

「ぼうりょくはやめてください！」

と、いんろうをつきつけた。

わあっと、四年生《ねんせい》のみんながわらった。

（あ、やっぱりばかにしてる。）

ぼくは、がっくりきた。

（こんなことしても、しょうがないんだ。）

そう思《おも》った。

くろさわくんも、くやしそうに四年生《ねんせい》たちをにらんでいた。

すると、がっきゅういいんのお兄《にい》さんとお姉《ねえ》さんがでてきて、ぼくらのまえで、きをつけのしせいをした。

「4ねん1くみをだいひょうして、みなさんにあやまります。もうあんなひどいことは、ぜったいおこらないようにしますので、どうかゆるしてください。」

そろって、ぺこんとおじぎをした。

ぼくら、びっくりして、いっしょにぺこんとおじぎをした。

はまだくんたちもでてきて、ふてくされたような声《こえ》であやまった。

「本気《ほんき》であやまったか？」

と、男《おとこ》の先生《せんせい》がこわい顔《かお》になった。

「本気《ほんき》だよ。しんじろよ。」

と、はまだくんは口《くち》をとがらせて、先生《せんせい》をにらんだ。

なんとなく、くろさわくんににてるなって、ちらっと思《おも》った。

「よし、しんじる。ほんとのおやぶんは、〝つよきをくじき、よわきをたすける〟だぞ。」

「わかったって、まかしとけって。」

はまだくんは、にやっとわらって、きゅうにまっすぐくろさわくんと、ぼくを見《み》つめた。

「あんときは、カッとなってよ。けど、ほんとにやったやつもわかったしさ、かんべんしてくれや。」

ぼくとくろさわくんに、手《て》をさしだした。

こじまくんが、顔色《かおいろ》をかえて、そろそろとくろさわくんのうしろにかくれた。

「ほんとにやったやつ、どうするの？」

くろさわくんが、こっそりきいた。

「リンチとかするの？」

四年生《ねんせい》たちが、わあっとわらった。

「まいったなあ。」

はまだくんが頭《あたま》をかいて、赤《あか》くなった。

「そんなことしたら、たいへんだよ。うちのクラスは、先生《せんせい》も女《おんな》たちもうるせえんだよ。」
四年生《ねんせい》たちが、またわらった。はまだくんたちも、いっしょになってわらった。

「ありがとうでござる。」

と、くろさわくんがいった。

「せっしゃも、あだうちはやめるでござる。」

くろさわくんは、むねをはって、はまだくんとがっちりあくしゅした。

「やったぜ！」

ぼくらはかたをくんで、ドッドッとろうかをはしった。

「こらっ、しずかに！」

と、先生《せんせい》はおこってたけど、

「やったでござる！」

「やったでござる！」

と、ぼくらは、ろうかいっぱいにひろがって、ドッドッとはしった。

1ねん1くみ1ばんサイコー！

1

三月《がつ》はじめの月《げつ》よう日《び》。

しらかわ先生《せんせい》がおこったような顔《かお》で、ドッドッドッとしきょうしつに入《はい》ってきた。

「おはようございます。」

と、あいさつがおわっても、先生《せんせい》はまだこわい顔《かお》のままだった。

「くろさわくんが、てんこうしました。」

先生《せんせい》が、ぐるりとみんなを見《み》まわして、しずかな声《こえ》でいった。

「えーっ!」

「うそーっ!」

きょうしつは大《おお》さわぎになった。

「ジョーク、ジョーク、ジョーク！」

こじまくんが、なんどもさけんでいた。

「ほんとです。」

先生《せんせい》が、ほーっと大《おお》きなためいきをついた。

「いま、ほっかいどうからでんわがかかってきたのです。くろさわくんのお父《とう》さんからでした。『とつぜんでもうしわけない、1ねん1くみのみなさんによろしく』と、なんどもなんどもあやまっていました。くろさわくんとは、ひとこともはなせませんでした。そばにいたのですが、はずかしがってでてくれないのです。あー、まだしんじられません。」

先生《せんせい》の声《こえ》が、ふるえていた。

「えーっ。もうほっかいどうにいっちゃったの？」

「なんで、だまっていっちゃったの？」
「とつぜんいっちゃうなんて、ひどいよー！」
きょうしつは、また大《おお》さわぎになった。
「そうだよね。ちゃんとおわかれ会《かい》、
したかったよね。」
先生《せんせい》は、なみだぐんでいた。
「だけど、おうちのじじょうで、とつぜん
かえらなければならなくなったのだそうです。
しかたないよね。」
　きょうしつは、しずまりかえっていた。みんなが、
先生《せんせい》をにらみつけるように見《み》つめていた。
「みんなもしってると思《おも》うけど、くろさわくんは、

お母《かあ》さんや妹《いもうと》とわかれて、お父《とう》さんとくらしていましたが、ほっかいどうにもどって、みんなでいっしょにくらすことになったのです。」

先生《せんせい》のくちびるが、ぴくぴくしていた。

「とつぜんでびっくりしてさみしいけど、くろさわくんは、かぞくみんなでいっしょにくらせるようになったのだから、よかったね。おめでとうって、おわかれのてがみをかこうね。

おじいちゃん、おばあちゃん、おじさん、おばさん、いとこたちや、にわとりや、犬《いぬ》やねこもいっしょで、すごーくにぎやかなのだそうです。だけど、きっとくろさわくんだって、さみしがってるよね。ほっかいどうでもがんばれって、はげましのおてがみをかこう！」

先生《せんせい》は、元気《げんき》な声《こえ》をはりあげて、さっさかさっさかと、さくぶんようしをくばりはじめた。

2

「くろさわくんへ」

と、ひとことかいただけで、ぼくは、ぎゅっとえんぴつをにぎりしめたまま、ゴチゴチにかたまっていた。

なにをかけばいいのか、わからない。

おわかれのてがみなんて、いやだ。はげましのてがみなんて、くろさわくんには、ぜんぜんひつようないし。

「うらぎりものっ！」

と、ぼくは、大声《おおごえ》でさけびたかった。

くろさわくんは、まい日《にち》ぼくんちにおしかけてきて、ぼくんちであ

ばれまくって、しょっちゅうトイレをビチョビチョにして、ぜんぜんえんりょしないでおやつをたべて、ときどきぼくのぶんまでよこどりして、じぶんかってなことばっかりして、まい日《にち》ぼくをなかしてた。

なんども、ぜっこうした。

（もうぜったい、口《くち》もきかない！）

なんども、けっしんした。

それなのに、くろさわくんは、あかるくコマーシャルソングをうたいながら、またおしかけてきて、ぼくはまたなかされた。

（くろさわなんて、てんこうしちゃえ！）

なんども、なんども、なんども、本気《ほんき》で思《おも》ったのに、いま、ほんとにくろさわくんがてんこうしたら、ものすごくさみしくなってしまった。

「なんでだまっていっちゃったんだよーっ！」

ほっかいどうにむかって、さけびたかった。

「よかったね。さようなら。元気《げんき》でね。」

なんて、かけない。一ぎょうもかけない。

（まい日《にち》まい日《にち》、かってにおしかけてきてたのに、こういうときには、なんで、でんわもしないいんだよ！）

うらむような気《き》もちがふくれあがって、ポトンと、さくぶんようしのまん中《なか》に、なみだがひとつぶこぼれてしまった。

あわてて、なみだのあとをごしごしこすったら、さくぶんようしがビリッとやぶれてしまった。

（こんなもの！）

くしゃくしゃにして、すててしまおうとしたら、しらかわ先生《せんせい》がいつのまにかとなりにきていて、ギュッと、ぼくのかたをだいてくれた。

「ゆっくりでいいから。かけるようになってからでいいから。」

先生《せんせい》は耳《みみ》もとでささやいて、あたらしいさくぶんようしを、そっとつくえの上《うえ》においてくれた。

（ぼくの気《き》もち、先生《せんせい》はちゃんとわかってくれているんだ……！）

ぼくはとつぜん、ゴチゴチのしせいのままで、わーっとないてしまいそうになった。

だけど、いっしゅん早《はや》く、

「わーん！」

と、となりですごい声《こえ》がした。

あべマリアちゃんだった。

顔中《かおじゅう》、口《くち》にして、力《ちから》いっぱいないていた。

なみだで顔《かお》がベチョベチョだった。

ぼくはびっくりして、なくのをわすれてしまった。

「わたし、またすてられちゃったのよ。いつも、うらぎられるの。かわいそうなわたし！」

マリアちゃんは、なきじゃくりながら、わけのわかんないことをぶつぶつつぶやいていた。

「みんな、かってよね。くろさわくんも、ただのかってなワルガキだったのよね。くろさわくんがいたから、わたし、ずーっとこの学校《がっこう》にいようかなって思《おも》ってたのに。わたし、はじめてしんようできる人《ひと》にであえたって、まいあがって、しあわせいっぱいだったのよ。だけど、くろさわくんもただのジコチューだったのよね。わたし、もうよのなかしんじられない。くろさわくん、さいあくのうらぎりものよね。

わたし、またひとりぼっち。さみしいよーっ！」

マリアちゃんはワーワーわめいて、なみだでベチョベチョになったさくぶんようしで、チーンとはなをかんで、またないた。

「そうだよね。さみしいよね。マリアちゃんの気《き》もち、そのままおてがみにして、くろさわくんにしっかりつたえてね。くろさわくんは、きっとしっかりうけとめてくれるよ。」

先生《せんせい》ももらいなきして、マリアちゃんのせなかを、せっせとなでさすっていた。

すると、とつぜんガタンと、こじまくんが立《た》ちあがった。

「おれはさー、ぜーんぜんさみしくないよ。」

こじまくんは、先生《せんせい》とマリアちゃんをギロギロギロギローッとにらみつけた。

「やっぱさー、にんげんはさー、かぞくみんなとくらすのが、いちばんのしあわせだろ。おれらのさみしさなんてさ、どーってことないじゃん。そんなの、くろさわのせきにんじゃないじゃん。」

こじまくんは、さくぶんようしをひらひらさせて、いばってた。

みんながびっくりしたように、こじまくんを見《み》つめていた。

「あいつはさー、こんなふうに、みんなにめそめそされるのがいやだったんだよ。こんなふうになるのが、ちゃーんとわかってたんだよ。だから、とつぜんいなくなっちゃったんだよ。それなのに、かってに、うらぎりものなんていうなよな！　ごちゃごちゃいってないで、いいたいことあったら、ちゃんとかけよな！」

こじまくんは、べつじんみたいにどうどうとしていた。

「おれだってさ、いいたいこと、いっぱいある。いえなかったこと、いっぱいある。だから、そっこーでかいた！」
こじまくんは、さくぶんようしを先生《せんせい》につきつけた。
「え？　みんなによんでもいいの？」
先生《せんせい》がキラキラする目《め》で、こじまくんを見《み》つめた。
こじまくんは
むねをはって、
力《ちから》づよく
こくんと
うなずいた。

「くろさわくんへ　　　　　　こじま　たけし

もうけんかもできないなんて、しんじられないよ。てんこうなんてうっそだよーん、とかいってさ、またもどってこいよ。

ああ、でも、もどってきたらだめだよな。

やっぱ、かぞくがいちばんだいじだもんな。

1ねん1くみはサイコーだったけどさ、みんなといっしょにずーっといつまでもくらすわけにはいかないもんな。

みんな、いつかはバラバラになるんだ。

てんこうしたって、おれたちともだちだよな。おれのこと、わすれるなよな。おれは、おまえのこと、ぜーったいわすれない。

おれがおまえのくわがたの首《くび》をちぎっちゃって、おまえがものすごくおこったときのことは、ぜ―――ったいわすれない。
ごめん！
まだあやまってなかったから、あやまる。
ごめん！
あんなにかんたんに首《くび》がとれるなんて思《おも》わなかったんだ。
ごめん！
ゆるしてくれるのなら、へんじください。
ゆるしてくれなくても、へんじください。
どんなにとおくにてんこうしても、
おれたち、ぜったいおまえをわすれない！
どてのねこたちも、ぜったいおまえを
わすれない！」

先生《せんせい》が、こじまくんのてがみをよみおわったら、

「わーん!」

と、またマリアちゃんがなきはじめた。

しばらく大《おお》なきして、ぴたっとなきやんだ。

「そうよね。くろさわくん、しめっぽいのきらいだったものね。わたし、がんばる。」

マリアちゃんは、とつぜんキリッとした顔《かお》になって、なみだをぬぐいながら、せっせとてがみをかきはじめた。

みんなもしーんとなって、ひっしでてがみをかきはじめた。

(ありゃりゃりゃ。)

かいてないのは、ぼくだけ。ぼくだけとりのこされてしまったようで、つらかった。あせって、ますますなにをかいていいのか、わからなくなった。

3

「くろさわくん　ありがとう！

みずの　みち

ほんとのことというと、わたしは、くろさわくんがきらいでした。すごくわがままで、らんぼうだったからです。

だけど、がくげい会《かい》でしらゆきひめのげきをしたとき、くろさわくんは、すごくいっしょうけんめいで、黒《くろ》いがんたいをつけて、わるい王女《おうじょ》さまをやりきったでしょ。ほんもののやくしゃさんみたいに、かっこよかったよ。わたしは、とつぜんびょうきになったこじまくんのかわりに、王子《おうじ》さまのやくをやらせてもらって、くろさわくんのしんけんなすがたをはじめてしって、あのときから、わたしはものすごくせっきょくてきになりました。

くろさわくんがかっこつけないで、思《おも》ったとおりにいいたいことをいったり、やりたいことをやったりするのを見《み》ていたからです。

またいっしょにげきをやりたかったのに、ざんねんでたまりません。

でも、きっとまたどこかであえるよね。

ありがとう！　さようなら！」

「くろさわくんといっしょで、たのしかったよ　いしはら　ゆうじ

おんなじくみにいたのに、ぼくは、くろさわくんとおしゃべりしたこともありませんでした。だからきっと、ぼくのことはおぼえていないと思《おも》います。

だけど、ぼくは、ずーっとくろさわくんのことを見《み》ていました。

あこがれていました。

うしはギューとか、おならはプーとか、平気《へいき》ででたらめなえいごをいったり、すごーく大《おお》きなうんちをして大《おお》さわぎしたり、たくさんはちゃめちゃなことをしてくれるから、学校《がっこう》が、とてもたのしかったです。

ひみつきちをつくったり、1ねん100くみをつくったり、まい日《にち》まい

日《にち》、きょうは、なにがおこるかなと、ドキドキしてました。

いんろうをつくって、らんぼうな四年生《ねんせい》をやっつけたときは、ほんとにかんどうでした。

やればできるんだ！　らんぼうなじょうきゅう生《せい》に、へこへこしてなくていいんだ！　ぼくの人生《じんせい》がかわりました。

二年生《ねんせい》になったら、ぼくもくろさわくんといっしょにがんばるぞってけっしんしてたのに、ざんねんでたまりません。

だけど、1ねん1くみのなかまたちがいます。

くろさわくんがいなくてさみしいけど、1ねん1くみのみんなといっしょだからがんばれます。

こんどは、ぼくらがたのしいこと、いっぱいやります！

くろさわくんのことは、一生《いっしょう》わすれません！　ありがとう！」

みんなが、つぎつぎとてがみをよみあげていた。

ぼくは、まだ一ぎょうもかいていなかった。

（あいつ、ほんとにいっちゃったんだな……）

ただ、ぼーっとしてた。

とつぜん、つんつんとひじをつつかれた。

マリアちゃんだった。

「さみしくても、なにか、かかなきゃだめなのよ。ことばにしなきゃ、思《おも》いはつたわらないのよ。見《み》る？」

マリアちゃんは、もうけろっとなきやんでいて、かきおえたばかりのてがみをこっそり見《み》せてくれた。

「くろさわくん　あいしてます！　　　　　　あべ　マリア

大雪《おおゆき》がふって、わたしがこごえてないていたとき、みんなが見《み》てるのに、くろさわくんは、ぜんぜんはずかしがらないで、ほっぺたに、わたしのりょう手《て》をくっつけてあたためてくれたでしょ。

あのあたたかさ、わすれません。わたしの十本《ぽん》のゆびとてのひらがおぼえています。ぜったいわすれません。

こくはくします。

くろさわくん、あいしています！

いつか、お金《かね》をためて、ほっかいどうにあいにいきます。

ぜったいいきます！　まっていてください。」

ぼくは、むねがドキドキして、ことばがでなかった。

なんていえばいいのか、わからなかった。

「はげしすぎる？」

マリアちゃんが、まじめな顔《かお》できいてきた。

マリアちゃんは、しんけんなんだと思《おも》った。

「すごくいいと思《おも》う。」

ぼくは、とつぜんマリアちゃんをそんけいした。

ほんとのことをいう人《ひと》は、すごい。

「ありがとう！　やっぱり、しんくんに見《み》せてよかった。よし。これは、もうだれにもよませない！」

マリアちゃんは、てがみをほそながくなんじゅうにもおりたたんで、むすびぶみにした。

「ぜったいよまないでください。」

マリアちゃんは、きりっとした顔《かお》で、先生《せんせい》にむすびぶみをわたすと、

「あー、おなかすいちゃったー。カレーたべたーい。」

と、またべそべそなきはじめた。

きっと、くろさわくんとカレーの大《おお》ぐいきょうそうをしたときのことを、思《おも》いだしたのだ。

4

みんなのてがみは、先生《せんせい》がまとめてくろさわくんにおくった。

ぼくだけ、とうとうなにもかかなかった。

さよならもがんばれも、やっぱりかけない。

くろさわくんがいなくなったがっきゅうで、ぼくは、どうやって生《い》きていけばいいのか、ぜんぜんじしんない。

「ぼくも、ほっかいどうにてんこうしたい。」

本気《ほんき》で、ちらっとお母《かあ》さんにいったら、

「いいわねー。さきんほって、シャケとって、くらそう。」

なんて、わらわれた。

いわなきゃよかった。たいせつなことは、もうぜったいいわない。
（よし。お金《かね》ためて、ことしの夏《なつ》、マリアちゃんといっしょに、ほっかいどうにいくぞ！）
けっしんした。それだけで、すこし元気《げんき》になった。
くろさわくんからは、一しゅうかんもしないうちに、へんじがきた。
「1ねん1くみのみなさんへ
くろさわ　じゅん
ハロー！　ファンレターもらったみたいで、いい気分《きぶん》だけどさ、なんどもよみかえして、あれ、おれ、こんなにいい子《こ》だったっけ？　と、すごーくはずかしくなってます。

『なまいきなこといってないで、ちゃんとおれい、いいなさい！』

と、かーちゃんにどつかれてます。

それでとつぜんですけど、みなさん、すみませんでした。

あいさつもしないでパッときえちゃって、それなのに、こんなにやさしさいっぱいのてがみをくれて、ありがとう！

すげーうれしかったけど、だけど、ほんとほめすぎだよ。

おれが、こんなにいいやつなわけないじゃん！

みんながあんまりほめてくれるから、おれ、また1ねん1くみにもどりたくなるよーっ。

ここはほっかいどうの、ちょーいなかだけど、ひこうきにのれば、あっというまだからね。もどろうと思《おも》えば、あっというまにもどれるんだぜ。でも、もどらない。

おれ、とーちゃんやかーちゃんたちといっしょに、のうぎょうをやります。あんぜんな米《こめ》や、やさいやくだものを、つくります。かぞくみんなで、ちかいあったのです。

みんながさみしいっていってくれるのはうれしいけど、おれは、わるいけど、さみしがってるひまがありません。

まい日《にち》、あさの五時《じ》はんにおきて、学校《がっこう》にいくまえに、ビニールハウスの見《み》まわりをしたり、にわとりのえさをやったり、しょくじのあとかたづけをしたり、ひろいにわを竹《たけ》ぼうきではいたり、妹《いもうと》のめんどうをみたり、ちょーいそがしいのです。

夏《なつ》になったら、ほんかくてきに
トマトやきゅうりを
しゅうかくするしごとが
はじまるのだそうです。
がんばります！
さみしがってないで、
おたがいがんばろーぜ！

ほんとにあいたくなったら、
とんできてくれよな。
〝いつか〟なんていわないで、
ほんとにきてくれよな。
本気《ほんき》にしてまってるぜ！

とつぜんですが、くどうしんくん。おたくのてがみだけがありません。よっぽどおこってるんだべね。(ほっかいどうべんです。)

ほんとに、ごめん! さいごのあいさつにいって、くどうしんや先《せん》生《せい》の顔《かお》を見《み》たら、もうぜったいほっかいどうになんかいきたくなくなっちゃいそうで、なきそうで、そんなのかっこわるいしさ、それで、とつぜんきえました。ごめん。みんな、ごめん!

1ねん1くみは、サイコーでした!

1ねん1くみで、おれ、生《う》まれかわりました。

みんなのこと、ぜったいわすれません!

あれ、なんだかみんなのてがみとおんなじになっちゃった。

まあ、いいや。ほんとの気《き》もちがかけて、うれしい。

しらかわ先生《せんせい》、みんな、ありがとう!

でもほんと、おれらの人生《じんせい》これからなんだからさ、さみしいとかかなんとかメソメソしてないでさ、やりたいことバンバンやって、けいきつけて、バリバリ生《い》きていこうぜ！

十年《ねん》ごに、ぜったいあおうな！

ありがとう！

あばよ！」

5

くろさわくんのてがみを先生《せんせい》によんでもらって、みんながまたないた。ぼくも、ないた。

それなのに、ぼくはまだ、くろさわくんにてがみをかいてない。

「おまえ、いちばんなかよかったのにさ、つめたいじゃん。」

なんて、こじまくんにいわれて、ますますかけなくなった。

でも、いいのだ。

「ゆっくりでいいからね。」

と、しらかわ先生《せんせい》がいってくれてるから、ぼくは、ゆっくりかく。

わすれられないたくさんのことを、かく。わすれたくないことが、

ぎっしりつまった一年間《ねんかん》だったから、どんなに時間《じかん》がかかっても、ぼくらのほんとうの気《き》もちをていねいにかく。

「1ねん1くみものがたり」をかく。

『1ねん1くみ1ばんワル』というのが、さいしょのものがたりだ。

〝くろさわくんて、わるいんだよ。〟

かきだしもきまった。かくぞ！

後藤竜二《ごとうりゅうじ》とくろさわくんによせて

あさのあつこ

後藤さんが突然《とつぜん》に逝《い》ってしまってから、もうすぐ三年が経《た》つ。早《はや》いものだ。わたしが後藤さんと出会《であ》ったのは十八歳《さい》、いや、十九歳になって間《ま》もなくのころだった。だから、もうン十年もむかしのことになる。まだ、学生《がくせい》だったわたしのつたない作品《さくひん》に対《たい》し、ていねいな感想《かんそう》をくれた。作品をていねいに読《よ》みこまなければでてこないだろう感想だった。

どうして、そこまでしてくれるの？

後藤竜二という作家《さっか》は、すでに一線《いっせん》の人《ひと》だった。日本《にほん》の児童文学《じどうぶんがく》の新《あたら》しい地平《ちへい》をおしひろげた気鋭《きえい》の作家の一人《ひとり》だったのだ。そんな立場《たちば》の人が、一介《いっかい》の学生の作品をきちんと読んでくれた（わたしだけでなく、当時所属《とうじしょぞく》していた児童文学サークルの部員《ぶいん》全員《ぜんいん》の作品を読みこんでくれたのです）。信《しん》じられない思《おも》いがした。

それから後藤さんとは長《なが》いおつきあいがはじまる。後藤さんのたちあげた全国同人《ぜんこくどうじん》誌連絡会《しれんらくかい》に入会《にゅうかい》し、同人誌《どうじんし》『季節風《きせつふう》』に投稿《とうこう》するようになった。後藤さんの急逝《きゅうせい》のあと、代表《だいひょう》をつとめている（『季節風』の活動《かつどう》に心血《しんけつ》を注《そそ》いだ後藤さんとはまるでちがう、名《な》ばかりの代表《だいひょう》なのですけど)。しばらく会《あ》わなかった時期《じき》をふくめ、後藤《ごとう》さんとのン十年《ねん》のつきあいをふりかえり、しみじみ思《おも》うのは……。

後藤さんとくろさわくんは、似《に》ている!

ということだ。これはわたしだけでなく、後藤さんを知《し》っているかなりの多《おお》くの人《ひと》たち(調査《ちょうさ》したわけではないので正確《せいかく》な人数《にんずう》はわかりません)が口《くち》にする感想《かんそう》だ。

くろさわくんと後藤さんは、似ている!

むろん、後藤さんは大人《おとな》で、くろさわくんのように、かわいくない。そう、くろさわくんってとてもとてもかわいいのだ。「かわいいねえ」なんていおうものなら、くろさわくんは真《ま》っ赤《か》になって、「ばか、かば、ばばあ。あっかんべー」なんて逃《に》げだしてしまうだろうけど、かわいい。愉快《ゆかい》で自由《じゆう》でたくましくて、泣《な》き虫《むし》で力《ちから》いっぱい生《い》きている。だからかわいい。長谷川知子《はせがわともこ》さんの絵《え》はくろさわくんの力いっぱいを、かわいさを、見事《みごと》に描《えが》きだしている。「1ねん1くみ」の世界《せかい》は、作家《さっか》と画家《がか》の魂《たましい》の共振《きょうしん》の結果《けっか》として生《う》まれたのだ。くろさわくんは、大人の思惑《おもわく》や常識《じょうしき》をぽんととびこえて、思わぬことをしでかし、考《かんが》えもつかない行動《こうどう》をする。未来《みらい》のために生きるのではなく、今《いま》という一瞬《いっしゅん》一瞬を楽《たの》しんでいる。くろさわくんのかわいさは、子《こ》どもの持《も》つかわいさ＝力《ちから》そのものだ。わたしたち大人《おとな》は、そのかわいさ＝力を矯正《きょうせい》し、枠《わく》にはめ、自分《じぶん》たちに都合《つごう》のよい〝よい子《こ》〟を作《つく》りあげようとやっきになってきた。そうでないと社会《しゃかい》からはじきだされてしまう、それは子どもがかわいそうなんて、見当《けんとう》ちがいの理由《りゆう》をつけて。ほんとうに変《か》えねばならないのは、子どもそのものを受《う》け入《い》れようとしない社会のほうなのに。

後藤《ごとう》さんは、くろさわくんの魅力《みりょく》を知《し》っていた。くろさわくんみたいな子が、こりかたまった社会を変えられると知っていた。

「1ねん1くみ」シリーズが長《なが》くたくさんの人《ひと》たちに支持《しじ》されていることは、希望《きぼう》だとわたしは思《おも》う。この世界《せかい》を、子どもにとって生《い》きやすいものにしたい。そう願《ねが》う人たちがいる、その証《あかし》だから。そうですよね、後藤さん。

作　後藤竜二

1943年、北海道生まれ。早稲田大学卒業。『天使で大地はいっぱいだ』でデビュー。『大地の冬のなかまたち』（以上講談社）で野間児童文芸賞推奨作品賞、『白赤だすき小○の旗風』で日本児童文学者協会賞、『野心あらためず』（以上新日本出版社）で野間児童文芸賞、『おかあさん、げんきですか。』で日本絵本賞大賞・読者賞など、多くの賞を受賞。その他に「1ねん1くみ」シリーズ（以上ポプラ社）、「12歳たちの伝説」シリーズ（新日本出版社）、「キャプテン」シリーズ（講談社）など、世代をこえて愛されつづける作品が多数ある。2010年、死去。

絵　長谷川知子

1947年、北海道生まれ。武蔵野美術短期大学卒業。『ひつじぐものむこうに』（文研出版）でサンケイ児童出版文化賞を受賞。作家と組んだ作品に『兎の眼』（理論社）『だんごどっこいしょ』「1ねん1くみ」シリーズ、「たんぽぽ先生」シリーズ（以上ポプラ社）『教室はまちがうところだ』『わたしはひろがる』（以上子どもの未来社）『あててえなせんせい』（あかね書房）『りんごの花』『ないしょ!』（以上新日本出版社）など。自作の絵本に、『とりちゃん』『ぼく、なきむし?』（以上文研出版）『おばさんはいつ空をとぶの』（ポプラ社）『くらやみのかみさま』『きゃっちぼーる きゃっちぼーる』（以上新日本出版社）など、著書多数。

責任編集　あさのあつこ

1954年、岡山県生まれ。『バッテリー』で野間児童文芸賞、「バッテリー」シリーズ全6巻（以上教育画劇）で小学館児童出版文化賞を受賞。「NO.6」シリーズ（講談社）、「The MANZAI」シリーズ（岩崎書店）など、作品多数。幅広い世代から支持される。

掲載作品一覧
『1ねん1くみ1ばんワル』　ポプラ社　1984年
『1ねん1くみ1ばんげんき』　ポプラ社　1985年
『1ねん1くみ1ばんゆうき』　ポプラ社　1988年
『1ねん1くみ1ばんサイコー!』　ポプラ社　2009年

＊本書収録にあたっては、発表された当時の作品を尊重し、掲載しております。

後藤竜二童話集 1

2013年3月　第1刷発行

作　後藤竜二
絵　長谷川知子
責任編集　あさのあつこ
発行者　坂井宏先
編　集　安倍まり子　萩原由美
発行所　株式会社ポプラ社
〒160-8565　東京都新宿区大京町22－1
電話　03-3357-2212(営業)03-3357-2216(編集)
0120-666-553(お客様相談室)
FAX　03-3359-2359(ご注文)
振替　00140-3-149271
http://www.poplar.co.jp(ポプラ社)
http://www.poplarland.com(ポプラランド)
印刷所　瞬報社写真印刷株式会社
製本所　株式会社ブックアート

N.D.C.913／159p／21cm　ISBN 978-4-591-13310-1

つきぬけた解放感とまっすぐな希望

後藤竜二童話集（全5巻）

後藤竜二童話集 1

長谷川知子・絵

くろさわくんとしんくんの友情を描く「1ねん1くみ」の物語。

「1ねん1くみ1ばんワル」「1ねん1くみ1ばんげんき」「1ねん1くみ1ばんゆうき」「1ねん1くみ1ばんサイコー！」

後藤竜二童話集 2

佐藤真紀子・絵

ごんちゃんとクラスのみんなの日常の冒険を元気に描く物語。

「ひみつのちかみちおしえます！」「やまんばやかたたんけんします！」「しゅくだい、なくします！」「かみなりドドーン！」

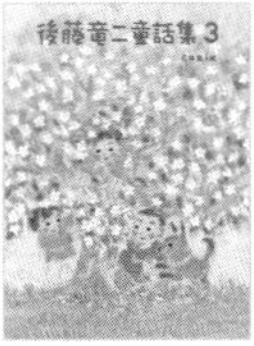

後藤竜二童話集 3

石井 勉・絵

故郷の大自然を舞台に、たくましく生きる子ども達を描く物語。

「りんごの花」「りんご畑の九月」「りんごの木」「紅玉」「くさいろのマフラー」「ないしょ！」「さみしくないよ」

後藤竜二童話集 4

武田美穂・絵

ぶつかりながらも互いに成長し、絆を育んでいく親子の物語。

「おかあさん、げんきですか。」「ぼくはほんとはかいじゅうなんだ」「おかあさんのスリッパ」「おにいちゃん」「どろんこクラブのゆうれいちゃん」

後藤竜二童話集 5

小泉るみ子・絵

ふとした発見や出会いから、心がひとつ強くなる瞬間の物語。

「17かいのおんなのこ」「おつかいへっちゃら」「てんこうせいのてんとう虫」「じてんしゃデンちゃん」